Analyse de l'œuvre

Par Elena Pinaud et Larissa Duval

Cannibale

de Didier Daeninckx

Rendez-vous sur lepetitlitteraire.fr et découvrez :

Plus de 1200 analyses
Claires et synthétiques
Téléchargeables en 30 secondes
À imprimer chez soi

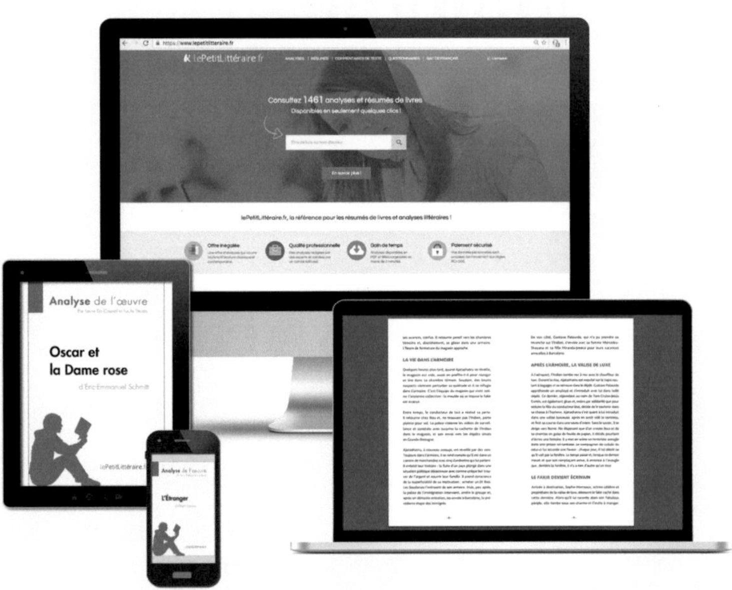

DIDIER DAENINCKX

ROMANCIER, NOUVELLISTE ET ESSAYISTE FRANÇAIS

- **Né en 1949 à Saint-Denis**
- **Quelques-unes de ses œuvres :**
  - *Le Géant inachevé* (1984), roman
  - *Cannibale* (1998), roman
  - *Galadio* (2010), roman

Didier Daeninckx est né dans la région parisienne en 1949 et figure parmi les auteurs de polars et les écrivains engagés les plus réputés, grâce à des œuvres comme *Meurtres pour mémoire* (1984), qui évoque la guerre d'Algérie et qui a reçu le grand prix de la littérature policière, *Le Géant inachevé* (1984), où il est question de responsables politiques malhonnêtes, ou encore *Le Bourreau et son Double* (1986), qui traite d'une politique d'embauche visant à l'exploitation des immigrés à Paris.

Il s'intéresse également à des aspects très controversés de l'Histoire de France tels que le colonialisme, le collaborationnisme, la politique sociale et l'hypocrisie des dirigeants, dans des polars comme *Le Facteur fatal* (1990), *En marge* (1993) et *Nazis dans le métro* (1996).

CANNIBALE

UN REGARD CRITIQUE SUR LE TRAITEMENT DE LA CULTURE ET DES PEUPLES KANAKS

- **Genre :** roman
- **Édition de référence :** *Cannibale*, Paris, Magnard, coll. « Classiques et Contemporains », 2008, 140 p.
- **1re édition :** 1998
- **Thématiques :** colonialisme, amitié, Nouvelle-Calédonie, révolte

En 1998 (année du 150e anniversaire de l'abolition de l'esclavage dans les colonies françaises), Daeninckx écrit une pièce radiophonique, *Des Canaques*, dont le sujet sera repris l'année suivante dans le roman *Cannibale*. L'auteur se propose de faire connaitre un des épisodes les plus noirs de l'Histoire du peuple kanak (peuple mélanésien originaire de Nouvelle-Calédonie) : en 1931, lors de l'Exposition coloniale à Paris, une trentaine de Kanaks ont été prêtés à un cirque allemand en échange de crocodiles. Le narrateur est un Kanak qui a lui-même vécu cette expérience.

Cette œuvre n'est pas une simple fiction, car elle repose sur un gros travail de documentation et représente pour l'auteur l'occasion de protester contre l'injustice tout en plaçant une sorte de miroir historique (et pourquoi pas moralisateur) devant les dirigeants hypocrites.

RÉSUMÉ

En 1931, Gocéné, le narrateur, et quelques jeunes de son village sont envoyés en France avec des Kanaks d'autres iles pour participer à l'Exposition coloniale en tant que représentants de « la culture ancestrale de l'Océanie » (p. 19).

Après un voyage épuisant, les Kanaks arrivent à Marseille, d'où ils sont transportés vers Paris. Là, ils ont la mauvaise surprise de se voir logés dans une imitation de village kanak qui se situe à côté du premier parc zoologique de France, à Vincennes, entre les lions et les crocodiles. Une pancarte que les indigènes ne comprennent pas est affichée devant leur enclos avec l'inscription : « Hommes anthropophages [cannibales, qui mangent de la chair humaine] de Nouvelle-Calédonie ».

Mais, peu avant l'ouverture officielle de l'évènement, les crocodiles meurent. Un des responsables de l'exposition trouve alors une solution : prêter une trentaine de Kanaks à un cirque allemand en échange d'autres crocodiles. Par conséquent, certains Kanaks (parmi lesquels Minoé, la promise de Gocéné) sont invités par les administrateurs de l'exposition à faire leurs bagages, et reçoivent la promesse de visiter Paris. Alors qu'il essaie de rejoindre sa promise, Gocéné est frappé par les gendarmes et s'évanouit. Soigné par son ami Badimoin, il veut, dès son réveil, partir sans plus attendre à la recherche de sa dulcinée. Les deux amis parviennent à s'évader pendant la nuit et se dirigent, à pied, vers la capitale.

Le jour de l'ouverture, la foule commence à arriver et des badauds jettent du pain, des fruits et des pierres aux Kanaks. Pour impressionner le public, les gérants de l'exposition les obligent à pousser des cris, à se battre, à se baigner, à manger, à travailler et à se montrer presque nus devant les visiteurs.

Toujours à la recherche de Minoé, Gocéné réalise qu'il ne peut retrouver les siens sans aucune information et décide de retourner au zoo pour interroger le gardien sur la destination des Kanaks enlevés. Lui et son ami réussissent à pénétrer dans l'enceinte de l'exposition sans être vus, et mettent la main sur le chef des gardiens. Ce dernier, sous la menace, leur explique que les Kanaks ont été logés par l'Armée du salut avant d'être envoyés dans un cirque en Allemagne. Les deux Kanaks se rendent alors aussitôt au siège de l'organisation, mais il est trop tard. Un passant les dirige ensuite vers la gare de l'Est, mais, comble de malchance, ils ratent le train dans lequel leurs amis ont été embarqués. Poursuivis par la police, ils sont cachés dans un débarras par Fofana, un nettoyeur d'origine africaine, qui les aide ensuite à rentrer à Vincennes en métro.

Le lendemain matin, lors de l'arrivée des visiteurs et des administrateurs au zoo, une femme et deux hommes bloquent le passage : celle-ci se lance dans un discours contre l'exposition et contre le colonialisme, mais les policiers interviennent aussitôt. Gocéné et Badimoin profitent de l'agitation ainsi créée pour entrer dans les bureaux de l'administration. Ils enferment le chef, Grimaut, et lui demandent pourquoi les promesses faites aux Kanaks n'ont pas été tenues, pourquoi ces derniers sont traités comme des animaux, pourquoi on les bat et enfin pourquoi on les nourrit avec des détritus. Grimaut affirme ne pas être au courant de tout cela, mais, terrifié, il avoue que les autres Kanaks ont été envoyés en Allemagne.

Entretemps, la police a cerné les bâtiments, forçant les deux Kanaks à s'échapper par les toits, mais Badimoin est tué d'une balle. Les policiers encerclent ensuite Gocéné, prêts à lui faire subir le même sort, mais un homme se révolte contre l'attitude des policiers. Il est embarqué avec Gocéné, qui est emprisonné pendant quinze mois et rentre en Nouvelle-Calédonie, précédé des autres Kanaks, revenus de Vincennes. Caroz, son sauveur, a quant à lui été condamné à trois mois de prison pour rébellion contre les forces de l'ordre.

Des années plus tard, on retrouve Gocéné qui retourne dans son village natal, situé dans une des iles de la Nouvelle-Calédonie, accompagné en voiture par Caroz, lorsque tous deux sont contraints de s'arrêter : deux jeunes insurgés kanaks bloquent la route. Gocéné doit continuer le voyage seul, à pied, mais, avant cela, il passe la nuit avec les révoltés, Kali et Wathiock, ces derniers étant confus de voir qu'un Blanc accompagne un Kanak. Celui-ci leur explique que Caroz est son ami et qu'il a fait de la prison pour le défendre. Suscitant la curiosité des insurgés, il décide de leur raconter son histoire.

Une fois le récit terminé, un des rebelles lui annonce que des barrages ont été détruits et qu'ils ont reçu l'ordre de retarder les gendarmes. Gocéné continue son chemin vers son village, où Minoé l'attend. Alors qu'il est déjà loin, il entend les coups de feu échangés entre les deux camps et « [s]on corps fait demi-tour » (p. 138).

ÉTUDE DES PERSONNAGES

GOCÉNÉ

Gocéné est le personnage principal et le narrateur de l'histoire. Il a 75 ans et, grâce à ses expériences, notamment celle de l'Exposition coloniale, il est devenu un « ancien », c'est-à-dire un sage.

Gocéné provient d'une culture orale ; il a donc le don de bien raconter (les deux insurgés ignorent d'ailleurs les hélicoptères de la police pour pouvoir l'écouter), mais il est aussi conscient de l'importance de la parole donnée (il avait promis au père de Minoé de veiller sur elle et il est prêt à tout pour la retrouver). Tenir ses promesses est fondamental dans une civilisation comme celle de Gocéné. Celui-ci est donc déçu par les mensonges des autorités françaises (qui promettent un séjour culturel aux Kanaks et leur imposent ensuite de parader dans un cirque). Pour le héros comme pour les siens, on gagne le respect d'autrui par ses actes, et non par sa position sociale, par son grade ou par la couleur de sa peau : « Le respect, chez nous en pays kanak, il ne vient pas à la naissance comme la couleur des yeux. Il se mérite tout au long de la vie. » (p. 96)

Gocéné est quelqu'un de digne. Il se dit que s'il réussit à retourner dans son village, il cachera la vérité sur l'humiliation vécue au zoo : « Je leur invente un conte, je leur dis que c'est beau, que c'est le pays des merveilles, pour ne pas briser leurs rêves... » (p. 46-47) Il fait ainsi preuve d'une volonté de protéger les siens. Il montre également un certain détachement par rapport à ce qu'il vit : il considère les visiteurs venus voir l'exposition d'un œil plutôt absent et dépourvu de jugement critique, et exécute les tâches indignes imposées par les organisateurs.

À Paris, sur les traces de Minoé, il prend des initiatives et parvient à se débrouiller, bien qu'il soit sur un terrain qu'il n'a jamais vu auparavant (le cinéma, le métro, les voitures très nombreuses). S'il est très attaché à son lieu natal, à ses coutumes et à sa nature magnifique, il semble aussi très à l'aise dans le cadre industrialisé de la France. Le voyage à pied de Vincennes jusqu'au nord de Paris lui donne l'occasion de voir la misère qui règne autour de la capitale (pollution, maisons et déchets brulés, etc.) et qui contraste avec la beauté naturelle de son ile.

Minoé, un personnage plutôt passif dans cette histoire, est importante pour l'évolution de Gocéné. Les allusions à leur histoire d'amour sont subtiles : avant l'exposition, il n'y avait qu'une promesse de mariage et, à la fin du livre, il est question de sa femme qui l'attend. Pour retrouver sa promise, envoyée en Allemagne avec d'autres Kanaks, le héros plonge sans crainte dans la jungle humaine hostile, où les Kanaks, présentés par les organisateurs de l'Exposition coloniale comme des anthropophages, côtoient de vrais « cannibales » : ces Français qui les considèrent comme des animaux, n'hésitant pas à en faire des bêtes de cirque. Gocéné en sort indemne, en conservant son humanité et sa grandeur.

BADIMOIN

Ami fidèle de Gocéné, Badimoin est très courageux, mais superstitieux (il ne veut pas entrer dans le métro, car cela lui fait penser aux grottes dans lesquelles les Kanaks enterrent leurs morts). Le respect et la dignité sont des valeurs essentielles pour lui également. Il ne veut pas non plus raconter aux enfants de sa tribu l'expérience vécue au zoo de Vincennes. Cependant, il pense mettre au courant les anciens Kanaks qui avaient vu arriver les colons français en Nouvelle-Calédonie.

FOFANA

D'origine sénégalaise, Fofana, un ancien combattant de l'armée française lors de la Première Guerre mondiale (1914-1918), est solidaire avec les Kanaks, poursuivis injustement par la police : « On a un peu la même couleur [...] Quand des noirs sont poursuivis par des policiers, je ne sais pas pourquoi, je suis du côté des noirs. » (p. 80) Fofana fait ici référence aux préjugés des colonisateurs blancs concernant la couleur de peau, que ce soit celle des Kanaks ou la sienne.

Fofana raconte brièvement son histoire. Tout comme les Kanaks, il a été traité injustement par les colonisateurs français. Après avoir combattu pour la France et après avoir été gazé lors de la Première Guerre mondiale (« Presque tous les jeunes de mon village sont morts à Verdun », p. 80), tout ce que l'État français lui a offert, c'est un poste insignifiant de nettoyeur à la gare. « Personne ne fait attention à un nègre qui balaie les couloirs », explique-t-il (p. 79). Il a appris à observer et à survivre en se taisant, car il est conscient des rapports de domination établis entre les anciens colonisateurs (les Français) et les anciens colonisés (les Africains, les Kanaks, etc.).

FRANCIS CAROZ

Francis Caroz est un Français, « un ouvrier sans histoires, un homme qui ne support[e] pas qu'on tue des innocents, qu'ils soient noirs ou blancs » (p. 106). Il accepte de faire de la prison pour ne pas renoncer à ses principes d'égalité, de justice et de fraternité, qui devraient être, selon lui, les vraies valeurs de la République française. C'est sa manière de protester contre l'injustice du système colonial.

Après le décès de sa femme, il écrit à « Monsieur Gocéné, tribu de Canala, Nouvelle-Calédonie » (p. 106), et il le rejoint pour passer des vacances en Nouvelle-Calédonie et s'y installer. C'est un personnage symbolique : il incarne le Français qui n'accepte pas le traitement réservé aux indigènes. Sa protestation trouve un écho dans la petite manifestation du groupe de trois personnes, dans les informations données par la femme aux deux Kanaks à la gare, honteuse de la réaction de son enfant à la vue de ces derniers (« Maman, regarde, il est pareil qu'au zoo... », p. 71), et dans le soutien de Fofana.

GRIMAUT

Par son hypocrisie (il fait, sans aucun remords, de fausses promesses aux Kanaks et affirme ne pas être au courant de ce qui se passe au zoo), par la déshumanisation qu'il impose aux Kanaks, qu'il considère comme des objets, par sa lâcheté (en invoquant ses enfants, il demande pitié aux Kanaks alors que ceux-ci n'ont aucune intention de lui faire du mal) et par son racisme, Grimaut est humainement à l'antipode des autres personnages, notamment de Gocéné ou de Caroz.

CLÉS DE LECTURE

UNE MISE EN CAUSE
DU COLONIALISME FRANÇAIS

La Nouvelle-Calédonie, une des iles de la Mélanésie et territoire du peuple kanak, découverte en 1774 par James Cook (explorateur britannique, 1728-1779), a été officiellement rattachée à la France en 1853. Elle faisait alors partie des colonies françaises. Vers la fin du XIXe siècle, les Kanaks se sont révoltés contre la domination française, qui a alors remplacé l'administration militaire par un gouvernement civil. C'est seulement en 1984 que la volonté d'indépendance de la Nouvelle-Calédonie a commencé à se manifester. L'année suivante a été marquée par le début d'une série d'incidents meurtriers entre les indépendantistes et les anti-indépendantistes. L'ile fait actuellement toujours partie de la République française, mais elle a acquis plus d'autonomie interne.

Le colonialisme français est encore un sujet très controversé aujourd'hui, et des questions comme l'autonomie des anciennes possessions, la dette morale de la France envers ces dernières et le rôle constructif ou destructif du colonialisme restent très sensibles. Le but de l'auteur, en revenant sur l'incident de l'Exposition coloniale, est de transmettre un message humaniste et de faire comprendre qu'il faut tirer des leçons des erreurs de l'Histoire.

Ce qui est mis en cause dans ce texte, c'est l'image du colonisateur français qui se veut civilisé et civilisateur, supérieur et paternaliste. Certains personnages, comme Grimaut, les gardiens, ainsi que de nombreux visiteurs de l'exposition sont pétris de préjugés racistes, se croient supérieurs, et n'essaient même pas de comprendre la culture et la mentalité des Kanaks. Ils les prennent pour des « cannibales » (p. 33). On leur a d'ailleurs appliqué l'étiquette d'« anthropophages », on les traite comme des « chimpanzés » (p. 40) et on les échange contre des crocodiles comme s'ils étaient des animaux. À cela s'ajoutent les mauvais traitements infligés sur le bateau qui conduit les indigènes de la Nouvelle-Calédonie vers la France (ils sont des « passagers de dernière catégorie », p. 19 ; leur nourriture est mauvaise ; les morts sont jetés à l'eau sans aucun respect des rituels funéraires kanaks) et, surtout, ceux dont ils sont victimes au zoo.

Les discours du gouverneur de Nouvelle-Calédonie sur l'ampleur de l'expansion coloniale de la France sont révélateurs du sentiment de supériorité du colonisateur. En outre, à l'entrée de l'exposition, il y a un globe terrestre énorme avec toutes les possessions françaises marquées en rouge. La politique avouée par les autorités officielles était la suivante : « Coloniser, ce n'est pas défricher la jungle, construire des quais, des usines, tracer des routes, c'est aussi gagner à la douceur humaine les cœurs farouches de la savane, de la forêt ou du désert... » (p. 19) C'est ce que les Français, voulant se faire passer pour des bâtisseurs et des civilisateurs très compréhensifs, expliquaient aux indigènes. Le traitement appliqué aux Kanaks lors de l'Exposition coloniale prouve que tout ceci n'était qu'un discours hypocrite.

Le texte de Daeninckx montre qu'en réalité les Français ont

humilié les Kanaks et d'autres colonisés, et détruit leurs coutumes et leurs modes de vie. Il met aussi l'accent, à travers l'histoire de Fofana, sur un autre aspect délicat de l'Histoire de France : la façon dont les Africains étaient envoyés en première ligne lors de la Grande Guerre, sans masques pour les protéger contre les gaz. Les proches de Gocéné ont aussi participé aux combats contre les Allemands, eux aussi sans protection. En outre, ironiquement, le bateau qui transporte les Kanaks vers la France s'appelle le *Ville de Verdun*.

Ce qui ressort très clairement du récit, c'est qu'être « civilisé » ne veut pas dire vivre dans une société ultramoderne et disposer d'autorité. Être « civilisé » signifie avant tout respecter les autres et être respecté, aimer et tolérer : les civilisés sont donc les Kanaks.

Notons que le séjour des Kanaks à Paris offre aussi l'occasion à l'auteur de porter un regard sociologique sur ce que la France est devenue : il évoque ainsi la misère autour de Paris, la méchanceté et l'incompréhension des individus, le racisme, l'intolérance des Français et l'aveuglement de certains d'entre eux qui ne voient pas qu'eux-mêmes ont leurs propres particularités.

LA CULTURE KANAKE

L'histoire que Gocéné raconte aux jeunes insurgés contient quelques détails sur la culture kanake (bien que le but de l'auteur ne soit pas de mettre en parallèle la culture française et la culture kanake) :

- il décrit le rituel des morts. Afin qu'ils restent proches de leurs familles, les défunts sont placés dans les grottes ou dans les arbres qui entourent leur village d'origine et ils ont un gardien ;

- Gocéné tourne la tête pour ne pas être photographié, peut-être pour que la photographie ne tombe pas entre les mains de la police, mais probablement aussi par méfiance vis-à-vis d'un appareil étrange qui pourrait voler son âme comme certains peuples le pensent ;
- les deux jeunes insurgés kanaks proposent du thé et des crevettes à Gocéné, ce qui fait partie des rites d'hospitalité dans cette civilisation ;
- le lien des Kanaks avec la nature est profond. Gocéné parle de cette dernière sur un ton élogieux et sa manière de la percevoir fait penser à des réminiscences d'animisme (croyance qui attribue une âme aux animaux, aux phénomènes et aux objets) : « un banian centenaire dont les racines aériennes formaient une sorte de passage voûté voué à la mort » (p. 11) était censé assurer le passage des âmes vers le monde des morts ; les Kanaks donnent des noms d'arbres aux personnes décédées ; Badimoin a peur de l'orage, qui est presque personnalisé en une sorte de monstre destructeur.

Rien de tout cela n'est montré à l'exposition, où les Kanaks sont obligés de se comporter « sur commande », selon les préjugés que les Français ont forgés à leur égard.

DES DISCOURS ANTAGONISTES SUR LES COLONISÉS

Nénufar, l'hymne des évènements organisés durant

l'exposition et souvent diffusé à la radio, parle d'un « p'tit
négro d'Afrique centrale » appelé Nénufar et venu voir
l'exposition :

> « C'était Nénufar, un joyeux lascar.
> Pour être élégant, c'est aux pieds qu'il mettait ses gants…
> Nénufar, t'as du r'tard mais t'es un p'tit rigolard,
> T'es nu comme un ver, tu as le nez en l'air
> Et les ch'veux en paille de fer… » (p. 23)

Les paroles de cet hymne humilient les Kanaks, déjà
contraints de faire des choses dégradantes pour amuser le
public. Le jeune Africain Nénufar, présenté comme un être
non éduqué et ridicule, symbolise en fait tous les habitants
des colonies françaises. La mélodie expose ainsi le point de
vue des autorités françaises et de la plupart des visiteurs
venus voir « les anthropophages ».

Les paroles de cet hymne sont à mettre en opposition avec
l'épigraphe qui ouvre le texte, à la fois témoin du message
engagé que Daeninckx veut transmettre et piste de lecture
du récit :

> « De quel droit mettez-vous des oiseaux dans des cages ?
> De quel droit ôtez-vous ces chanteurs aux bocages,
> Aux sources, à l'aurore, à la nuée, aux vents ?
> De quel droit volez-vous la vie à ces vivants ? » (Victor Hugo)

Cette citation pourrait également être celle de Caroz, de la
femme qui manifeste devant l'exposition ou de tout humaniste. D'ailleurs, des intellectuels comme Paul Éluard (poète
français, 1895-1952) et André Breton (écrivain français,
1896-1966) ont pris position contre cet évènement phare

de 1931.

Nénufar et l'épigraphe représentent deux visions différentes sur le colonialisme et sur le traitement que les humains se réservent entre eux en général. Si l'hymne laisse entrevoir une attitude de mépris vis-à-vis des colonisés, considérés comme des êtres inférieurs, l'extrait de Victor Hugo (écrivain français, 1802-1885) transmet un message sur l'égalité et prône la liberté des hommes.

L'AMOUR, L'AMITIÉ, LA SOLIDARITÉ

Si le texte de Didier Daeninckx parle en priorité de racisme et de discrimination, on retrouve également tout au long du roman les thèmes de l'amour, de l'amitié et de la solidarité envers ses semblables.

L'amour est présent à travers l'histoire de Gocéné et de Minoé, que ce dernier cherche à retrouver à tout prix après l'envoi de la jeune fille dans un cirque allemand. Il n'est pas question ici d'une histoire d'amour romantique, et le thème n'apparait que transversalement puisque les fiancés sont rapidement séparés et le resteront jusqu'à la fin de l'histoire. C'est la fidélité à l'amour et à la parole donnée, malgré les dangers, qui est représentée ici. Gocéné est prêt à mourir pour délivrer sa promise.

Le thème de l'amitié transparait, quant à lui, principalement dans le personnage de Badimoin, qui, après avoir soigné son ami Gocéné des coups reçus par les gendarmes, lui reste fidèle dans son projet de retrouver Minoé. Ensemble, ils parviennent à se débrouiller un certain temps dans un Paris hostile, avant que Badimoin trouve la mort sous les balles d'un policier. Le fait d'être ensemble leur permet également, à quelques reprises, de tourner en dérision leur situation :

> « Tu ne peux pas faire gaffe, le chimpanzé ! Tu descends de ta liane ou quoi... Tu te crois encore dans la brousse ?
> [...] J'ai pris Badimoin par l'épaule.
> – Tu vois, on fait des progrès : pour lui nous ne sommes pas des cannibales mais seulement des chimpanzés, des mangeurs de cacahuètes. Je suis sûr que quand nous serons arrivés près des maisons, là-bas, nous serons devenus des hommes. » (p. 47)

Un autre lien d'amitié se tisse entre Gocéné et Caroz, qui lui sauve la vie avant de le rejoindre en Nouvelle-Calédonie. Les premières pages du roman montrent qu'une grande complicité s'est installée entre eux.

Enfin, plus largement, Didier Daeninckx nous parle de solidarité, d'abord avec Fofana qui héberge les deux pro-tagonistes parce qu'il se sent proche de ce qu'ils vivent. Caroz, ensuite, se porte au secours de Gocéné, au mépris des risques qu'il court en agissant ainsi, simplement parce que le Kanak est un homme innocent qui ne mérite pas de mourir. La fin ouverte du roman est également un exemple de cette solidarité ressentie par certains personnages en-vers d'autres hommes, qu'ils se connaissent ou non. Ainsi, Gocéné se voit faire demi-tour presque malgré lui lorsqu'il entend des coups de feu provenant de l'endroit qu'il vient de quitter. Bien que rien ne soit précisé, on devine qu'il re-tourne auprès des deux jeunes insurgés afin de les aider dans l'adversité. Tous ces personnages sont portés par un idéal de liberté, de justice et de tolérance et se sentent solidaires de tous les hommes en situation délicate, qu'ils soient Blancs ou Noirs, jeunes ou vieux.

PISTES DE RÉFLEXION

QUELQUES QUESTIONS POUR APPROFONDIR SA RÉFLEXION...

- Commentez la manière dont Gocéné, parti à la recherche de Minoé, se comporte dans le monde moderne parisien. Est-il intimidé, effrayé ou, au contraire, maitrise-t-il la situation ?
- Quel est l'évènement qui pousse les responsables de l'Exposition coloniale à séparer les Kanaks et quelles en sont les conséquences ?
- L'histoire de Fofana est insérée au milieu du récit de Gocéné. Comment s'appelle ce procédé littéraire et quels sont ses effets ? Quelle est l'utilité de l'histoire de Fofana au sein de l'œuvre entière ?
- La notion de respect est comprise différemment par Gocéné et par Grimaut. Pourquoi, selon vous, ont-ils deux positions différentes vis-à-vis de ce même concept ?
- Quels sont les éléments qui font de ce roman un texte engagé ?
- Gocéné n'a pas l'intention de dire aux siens, restés au village, ce qui s'est réellement passé lors de l'exposition. Il veut leur raconter autre chose, une belle histoire, il veut mentir. Justifiez son attitude. Pensez-vous que mentir peut parfois être utile ?
- Francis Caroz est le déclencheur du récit de Gocéné (car le fait qu'un Blanc accompagne un Kanak étonne les jeunes révoltés), ainsi que le personnage central de l'épilogue. En quoi est-ce symbolique ?
- Plutôt que de mettre en avant leur culture (croyances,

chants, contes, etc.), les organisateurs de l'exposition demandent aux Kanaks de se montrer sauvages (ils sont nus, poussent des cris, etc.) et mettent en avant la simplicité de leurs villages et de leurs habits. D'après vous, pourquoi font-ils cela ?

- Comment interprétez-vous la fin du texte (le début du combat entre les indépendantistes et les anti-indépendantistes) ? Est-elle tragique ou constructive ?
- Y a-t-il du positif dans l'organisation de cette Exposition coloniale ?
- Connaissez-vous d'autres textes qui évoquent le colonialisme ? Quel point de vue présentent-ils sur la question ? Comparez-les avec *Cannibale*.

Votre avis nous intéresse !
Laissez un commentaire sur le site de votre librairie en ligne
et partagez vos coups de cœur sur les réseaux sociaux !

POUR ALLER PLUS LOIN

ÉDITION DE RÉFÉRENCE

- DAENINCKX D., *Cannibale*, Paris, Magnard, coll. « Classiques et contemporains », 2008.

ÉTUDES DE RÉFÉRENCE

- LACROIX-TONNET E., *La littérature française et francophone de 1945 à l'an 2000*, Paris, L'Harmattan, 2003.
- *Dictionnaire de la littérature française du XXe siècle*, Paris, Albin Michel, coll. « Encyclopedia Universalis », 2000.

ISBN version numérique : 978-2-8062-1753-0
ISBN version papier : 978-2-8062-1265-8
Dépôt légal : D/2013/12603/317

Avec la collaboration de Larissa Duval pour le chapitre
« L'amour, l'amitié, la solidarité ».

Conception numérique : Primento,
le partenaire numérique des éditeurs.

Ce titre a été réalisé avec le soutien de la Fédération
Wallonie-Bruxelles, Service général des Lettres et du Livre.

DUMAS
- Les Trois
  Mousquetaires

ÉNARD
- Parlez-leur
  de batailles,
  de rois et
  d'éléphants

FERRARI
- Le Sermon sur la
  chute de Rome

FLAUBERT
- Madame Bovary

FRANK
- Journal
  d'Anne Frank

FRED VARGAS
- Pars vite et
  reviens tard

GARY
- La Vie devant soi

GAUDÉ
- La Mort du
  roi Tsongor
- Le Soleil des
  Scorta

GAUTIER
- La Morte
  amoureuse
- Le Capitaine
  Fracasse

GAVALDA
- 35 kilos d'espoir

GIDE
- Les
  Faux-Monnayeurs

GIONO
- Le Grand
  Troupeau
- Le Hussard
  sur le toit

GIRAUDOUX
- La guerre de
  Troie
  n'aura pas lieu

GOLDING
- Sa Majesté des
  Mouches

GRIMBERT
- Un secret

HEMINGWAY
- Le Vieil Homme
  et la Mer

HESSEL
- Indignez-vous !

HOMÈRE
- L'Odyssée

HUGO
- Le Dernier Jour
  d'un condamné
- Les Misérables
- Notre-Dame
  de Paris

HUXLEY
- Le Meilleur
  des mondes

IONESCO
- Rhinocéros
- La Cantatrice
  chauve

JARY
- Ubu roi

JENNI
- L'Art français
  de la guerre

JOFFO
- Un sac de billes

KAFKA
- La Métamorphose

KEROUAC
- Sur la route

KESSEL
- Le Lion

LARSSON
- Millenium 1. Les
  hommes qui
  n'aimaient pas
  les femmes

LE CLÉZIO
- Mondo

LEVI
- Si c'est un
  homme

LEVY
- Et si c'était vrai…

MAALOUF
- Léon l'Africain

MALRAUX
• La Condition
humaine

MARIVAUX
• La Double
Inconstance
• Le Jeu de l'amour
et du hasard

MARTINEZ
• Du domaine
des murmures

MAUPASSANT
• Boule de suif
• Le Horla
• Une vie

MAURIAC
• Le Nœud
de vipères

MAURIAC
• Le Sagouin

MÉRIMÉE
• Tamango
• Colomba

MERLE
• La mort est
mon métier

MOLIÈRE
• Le Misanthrope
• L'Avare
• Le Bourgeois
gentilhomme

MONTAIGNE
• Essais

MORPURGO
• Le Roi Arthur

MUSSET
• Lorenzaccio

MUSSO
• Que serais-je
sans toi ?

NOTHOMB
• Stupeur et
Tremblements

ORWELL
• La Ferme
des animaux
• 1984

PAGNOL
• La Gloire de
mon père

PANCOL
• Les Yeux jaunes
des crocodiles

PASCAL
• Pensées

PENNAC
• Au bonheur
des ogres

POE
• La Chute de la
maison Usher

PROUST
• Du côté de
chez Swann

QUENEAU
• Zazie dans
le métro

QUIGNARD
• Tous les matins
du monde

RABELAIS
• Gargantua

RACINE
• Andromaque
• Britannicus
• Phèdre

ROUSSEAU
• Confessions

ROSTAND
• Cyrano de
Bergerac

ROWLING
• Harry Potter à
l'école des sor-
ciers

SAINT-EXUPÉRY
• Le Petit Prince
• Vol de nuit

SARTRE
• Huis clos
• La Nausée
• Les Mouches

SCHLINK
• Le Liseur

SCHMITT
- La Part de l'autre
- Oscar et la
  Dame rose

SEPULVEDA
- Le Vieux qui
  lisait des romans
  d'amour

SHAKESPEARE
- Roméo et Juliette

SIMENON
- Le Chien jaune

STEEMAN
- L'Assassin
  habite au 21

STEINBECK
- Des souris et
  des hommes

STENDHAL
- Le Rouge et
  le Noir

STEVENSON
- L'Île au trésor

SÜSKIND
- Le Parfum

TOLSTOÏ
- Anna Karénine

TOURNIER
- Vendredi ou
  la Vie sauvage

TOUSSAINT
- Fuir

UHLMAN
- L'Ami retrouvé

VERNE
- Le Tour
  du monde
  en 80 jours
- Vingt mille
  lieues sous
  les mers
- Voyage au
  centre de
  la terre

VIAN
- L'Écume des jours

VOLTAIRE
- Candide

WELLS
- La Guerre des
  mondes

YOURCENAR
- Mémoires
  d'Hadrien

ZOLA
- Au bonheur
  des dames
- L'Assommoir
- Germinal

ZWEIG
- Le Joueur
  d'échecs